आल्हा-ऊदल
दिल्ली पर जब पृथ्वीराज चौहान राज्य करता था, तब महोबा के दो वीर भाइयों आल्हा-ऊदल ने भी उससे टक्कर लेने का साहस किया था।

मांडौगढ़ के बघेल राजा ने महोबा पर चढ़ाई करके धोखे से दक्षराज और वत्सराज नाम के दो महावीर सेनापतियों को कैद कर लिया था। वे दोनों सगे भाई थे।
यह दोनों हमारे सबसे बड़े दुश्मन हैं। इनके सिर काटकर पेड़ों पर लटका दो।
बघेल राजा ने महोबा को खूब लूटा था और अपने साथ परमाल का पंचशावद नामक हाथी, माल्हनदे का नौलखा हार और लाखा नाम की प्रसिद्ध राजनर्तकी को ले गया था।

आल्हा अभी छोटा था – जब उसके पिता दक्षराज और चाचा वत्सराज को धोखे से मार डाला गया।
यह बालक तो कुल नाशक है, इसके जन्म लेने से ही धरती ढाई हाथ धंस गई, मैं इसे नहीं पाल सकती।
दक्षराज की मृत्यु के छः महीने बाद ऊदल का जन्म हुआ। मगर ऊदल के जन्म से देवलदे को खुशी नहीं हुई
उसकी बहन रानी माल्हनदे ने जब यह सुना.....
बहन! तुम यह बेटा मुझे दे दो। मेरे बेटे ब्रह्मा के साथ मैं इसे पालूंगी।
हां – हां! ले जाओ इसे!
ऊदल राजा परमाल के यहां पलने लगा।

राजा परमाल ने महोबा के पांच बालकों आल्हा-ऊदल, ब्रह्मा, मलखान और ढेबा को योग्य गुरू के पास पढ़ने भेजा।
यह पांचों बालक बेहद प्रतिभाशाली हैं। जरूर महावीर निकलेंगे!
पांचों बालकों ने शीघ्र ही अस्त्र-शस्त्र चलाने में निपुणता प्राप्त कर ली।
जाओ पुत्रों! अब तुम्हें हराना किसी के लिए भी सम्भव नहीं होगा!
एक दिन माल्हनदे ने पांचों को बुलाकर कहा—
तुममें से जो शेर मारकर लायेगा, उसे ही मैं अपना वीर पुत्र समझूंगी!

पांचों जंगल में भटकते फिरे.....
भाइयों! हम बेकार भटक रहे हैं, कहीं शेर का नामोनिशान भी नहीं है, चलो लौट चलें!
बाकी सब भी बुरी तरह थक चुके थे। वे शाम होते देखकर लौटने को तैयार हो गये, मगर...
ऊदल नहीं माना।
माता जी ने पहली बार हमसे कुछ मांगा है – अगर मैं खाली हाथ उनके सामने जाऊंगा तो वे क्या कहेंगी?
मगर भाई, रात को जंगल में भटकने से क्या फायदा?
मैं तो शिकार करके ही लौटूंगा!
अन्त में उसकी जिद देखकर चारों महोबा लौट गये। ऊदल जंगल में भटकता रहा। अन्त में एक शेर उसे दिखाई दे ही गया। ऊदल ने उस पर तलवार से हमला कर दिया। और ....
माफ करना भाई! माता जी की आज्ञा के लिए मैं ऐसा कर रहा हूं।
तलवार के एक तेज वार से शेर का सिर काट दिय

ऊदल बहुत देर रात गये घर लौटा। सबने उसे शेर मारकर लाते देखा तो खुश हो गये। माता माल्हनदे ने उसे सीने से लगा लिया।
लो मेरे वीर पुत्र! बेंदुला नाम का यह घोड़ा बिजली की तरह है!
हां राजमाता! यह इस इनाम का हकदार है!
एक दिन राजा परमाल दरबार में बैठे ऊदल की वीरता की तारीफ कर रहे थे कि वहां माहिल आ पहुंचा।
माहिल, तुम तो उसके मामा हो, उसके सामने कहीं ऐसा मत कह बैठना, नहीं तो वह कुछ कर बैठेगा!
वाह महाराज! क्या बात कही है, अगर वह ऐसा ही वीर है तो मांडौगढ़ में टंगा अपने बाप और चाचा का सिर उतार क्यों नहीं लाता?
लेकिन ऊदल वहां पहुंच चुका था। उसने भी आधी बातें सुन ली थीं।
मामा! किसकी बात कर रहे हैं, किसका सिर पेड़ पर टंगा है?
किसी का नहीं बेटा, यह तो यूं ही कह रहे थे!
यदि तुम्हें मांडौगढ़ में टंगे सिरों के बारे में जानना है तो देवलदे से पूछना।
माहिल ने कुटिल चाल चल दी और मन-ही-मन खुश हुआ कि ऊदल गुस्से में आयेगा तो मांडौगढ़ के राजा से लड़ मरेगा—

ऊदल ने अपनी सगी मां देवलदे से पूछा_
मां! तुम्हें मेरे पिता की कसम, मांडौगढ़ में किसका सिर टंगा है, बता दो ?
तुमने कसम दे दी है इसलिए सुनो, वहां तेरे पिता और चाचा का सिर टंगा है!
देवलदे को बताना ही पड़ा, सुनते ही ऊदल का खून खौल उठा।
मां! मैं अपने पिता का बदला लेने के लिए शत्रु पर चढ़ाई करूंगा!
बेटा! अभी तुम छोटे हो, बड़े होकर शत्रु से युद्ध करना!
ऊदल को तो चैन नहीं था।
मां! क्षत्रिय पुत्र की उम्र नही देखी जाती, अभिमन्यु, राम-लक्ष्मण, भरत आदि की कहानियों से इतिहास भरा पड़ा है!
मैं माल्हनदे से इसे रोकने को कहूंगी!
पर माल्हनदे ऊदल की वीरता पर भरोसा रखती थी।
बहन! प्राणों का मोह तो कायर करते हैं, हमारा बेटा युद्ध में अगर जाना चाहता है तो उसे जाने दो!
धन्य हो मां!
यह सदा याद रखना। शरणागत की रक्षा करना, बालक, बूढ़े और स्त्री पर हाथ मत उठाना, निहत्थे और भागते शत्रु पर वार मत करना!
जो आज्ञा माताजी!

परंतु राजा परमाल बघेल राजा जंबे की शक्ति जानते थे।
बेटा! मांडौगढ़ लोहे की दीवारों से घिरा है। उसके चारों ओर बबूल के जंगल और खाइयां हैं!
महाराज! यह सब आप हम पर छोड़िये, बस अशीर्वाद दीजिये!
पांचों ने युध्द की तैयारी शुरू की।
विजय हमारी होगी, मैंने पत्रा देख लिया है!
ढेबा ने ज्योतिष से पता लगाया।
सभी अपनी-अपनी राय दे रहे थे।
हमें इस युध्द के लिए सिर्फ ताकत ही नहीं बुध्दि से भी काम लेना चाहिये!
हां, हमें मांडौगढ़ का पूरा भेद पता लगाना चाहिये!
ढेबा ने अनोखी राय दी...
हम सब योगियों का भेष बनाकर मांडौगढ़ जायेंगे!
यदि किसी ने पहचान लिया तो?
तो हम लड़ेंगे!
हम अपनी माताओं के पास भेष बनाकर चलते हैं। उन्होंने नहीं पहचाना तो हमें कोई नहीं पहचान सकेगा!

वे योगियों का भेष बनाकर माताओं के पास पहुंचे।
हे माता! भिक्षा देना।
आइये योगी महाराज!
तीनों माताओं ने उन्हें नहीं पहचाना।
उसी दिन महोबा की सेनाएं सज गईं और आल्हा को सेनापति नियुक्त किया गया।
महाराज परमाल की जय!
जब महोबा की सेना की चढ़ाई का समाचार मांडौगढ़ पहुंचा...
उनकी इतनी हिम्मत, आने दो, हम उन्हें मजा चखायेंगे।

महोबा की सेना ने मांडौगढ़ के निकट बबूल - बबूरीबन में पड़ाव डाला। वे पांचों योगी का भेष बनाकर मांडौगढ़ में पहुंच गये।
ओह-यह सामने बरगद के पेड़ पर हमारे पिता का सिर टंगा है!
उन्होंने दुःख से भरकर अपने पिता और चाचा का सिर बरगद पर लटका देखा।
वे रानी के निवास में पहुंचे। वहां कुशला रानी ने ऊदल के गीत पर खुश हो कर उसे एक मोतियों का हार दिया।
माता, ये किस वृक्ष के फूल हैं?
ये फूल नहीं, मोती हैं!
धन्य हो! धन्य हो!
हमें कोई यादगार दें!
हम योगी इनका क्या करेंगे?
रानी ने उन्हें नौलखा हार दे दिया।
महारानी, हम योगियों ने कभी किला नहीं देखा है! कृपया हमें दिखवा दें!
जरूर - जरूर! बेटी विजयसेना, जा इन्हें किला दिखवा ला।
राजकुमारी उन्हें किला दिखाने ले गई। वहां एक सुरंग के सामने वह ठिठकी।
इनको सुरंग के बारे में बताऊं कि नहीं!
हम योगियों से क्या छिपाना राजकुमारी?

राजकुमारी ऊदल को पहचान चुकी थी।
तुम विश्वासघाती हो, क्या तुम महोबा के वीर ऊदल नहीं हो?
मगर तुमने ऊदल को कहां देखा था?
मैंने एक शादी में तुम्हें देखा था और तुमसे स्वयंवर करना चाहती थी — मगर तुम तो कायर निकले!
ऊदल को अब सब बताना ही पड़ा —
मैं कायर नहीं हूं, अब चाहो तो अपने पिता को बुला लो, तुम्हारे पिता ने हमारे पिता को धोखे से मारा था — हम उसका बदला लेंगे!
ऊदल! मै अतिथि हत्या का कलंक नहीं लेना चाहती, मगर अब तुम्हें मुझसे लड़ना होगा!
ऊदल को माल्हनदे की शपथ याद आ गई
मगर मैं स्त्री पर हाथ नहीं उठाता!
लेकिन अब तुम्हें लड़ना ही पड़ेगा!
राजकुमारी ने तलवार निकाल ली।
तब तुम वार करो, मैं बचाव करूंगा!

राजकुमारी घंटों वार करती रही, पर ऊदल को खरोंच तक नहीं आई। अन्त में उसने तलवार फैंक भाला उठा लिया, परन्तु ऊदल ने ढाल द्वारा भाले को टेढ़ा कर दिया।
अब तो हार मान लो राजकुमारी!
राजकुमारी की हालत खराब थी, वह थककर गिरने लगी। ऊदल ने उसे पंखा झला तो उसे होश आया।
पहले आप स्वस्थ हो लीजिये!
ऊदल! तुम महावीर हो, मेरे पिता ने अधर्म युद्ध किया था, इसीलिए मैं तुम्हें दुर्ग का रहस्य बताती हूं!
राजकुमारी का ऊदल पर प्यार और गहरा हो गया। राजकुमारी ने उन्हें मांडौगढ़ का रहस्य बताया।
यह सामने जो दीवार है, इसके पीछे सुरंग है, जो बबूरीबन तक जाती है!
बहुत-बहुत धन्यवाद राजकुमारी!

बाद में वे जंबे के दरबार में पहुंचे। ऊदल ने वहां लाखा के नृत्य से खुश होकर नौलखा हार उसे दिया।
योगियों के पास इतना कीमती हार!
महाराज! यह हार महारानी ने हमें दिया था। अब हमने इसे दे दिया!
यह हार और नर्तकी दोनों महोबा के हैं।
महाराज! प्रकृति का नियम है कि जो चीज जहां की होती है, वहीं पहुंचती है!
दूसरे दिन मांडौगढ़ पर महोबा की सेना चढ़ आई। सबसे आगे आल्हा, दायें भाग में ऊदल, बायें ढेबा और सबसे पीछे मलखान, बीच में युवराज ब्रह्मा था।
आल्हा! तुम्हारी भलाई इसी में है कि अपनी सेना लेकर वापस चले जाओ!
ठीक है, अपने पिता का सिर काटकर मुझे दे दो, मैं लौट जाऊंगा!
मांडौगढ़ की सेना का नेता, बड़ा राजकुमार जयकरिंगा था। दोनों सेनाएं आमने-सामने थीं।

यह सुनते ही रायकरिंगा आपे से बाहर हो गया। उसकी सेना आल्हा की सेना से भिड़ गई। रायकरिंगा दाहिनी ओर बढ़ा, वहां ऊदल से उसका घमासान युध्द हुआ।
ऊदल के लिए यह पहला युध्द था और रायकरिंगा अनुभवी योद्धा था।
रायकरिंगा घायल होकर युध्द से भागा—राजकुमार सूरज ने भागती हुई सेना को रोका।
आल्हा! क्यों व्यर्थ में ही दोनों सेनाओं को कटवाते हो, आओ हम दोनों फैसला कर लें!
तुम मुझसे छोटे हो, इसलिए ऊदल से लड़ लो!
दोनों ओर की सेनाएं युध्द रोककर खड़ी हो गईं।
ऊदल और सूरज लड़ते रहे, यहां तक कि शाम हो गई और युध्द रोक दिया गया।

आल्हा ने दोनों को अलग किया।
शाबाश – तुम दोनों वीर हो!
दूसरे दिन ऊदल ने रायकरिंगा को तलवार से मार डाला।
लो संभालो वार!
तीसरे दिन ऊदल ने ही सूरज को परलोक भेजा।
लो, तुम भी भाई के पास जाओ!
चौथे दिन आल्हा ने जंबे को धराशायी कर उसका सिर काट लिया।
अब पूरा हुआ मेरे पिता और चाचा का बदला!
वे मांडौगढ़ जीतकर लौटे तो साथ में लाखा नर्तकी और नौलखा हार भी लौटा लाये।
लीजिये महाराज! अब इस सिर को भी टांगिये!
नहीं, बुराई के बदले बुराई ठीक नहीं होती!
आल्हा अपने पिता और चाचा का सिर भी लौटा लाया।

आल्हनदे भी खुश हुई। वत्सराज और दृक्ष-राज के सिरों की अंत्येष्टि कर दी गई।
चलो, अगर महाराज यही चाहते हैं तो यही सही!
आल्हा तो चाहता था कि जंबे का सिर पेड़ पर टांगा जाये, लेकिन महाराजा पर-माल ने उसकी भी अंत्येष्टि करवा दी!
मांडौगढ़ जीतने की खुशी में महोबा में उत्सव मनाया गया। आल्हा-ऊदल की विजय से सब प्रसन्न थे, मगर उनका मामा माहिल...
यह तो विजयी होकर लौट आये। मुझे कुछ करना होगा।
और उसे मौका मिल गया। उसने मलखान को उत्तेजित किया।
मलखान! तुमने बहुत वीरता दिखाई, मगर क्या तुम जानते हो सिरसा के अपमान के बारे में?
सिरसा का अपमान? मैं समझा नहीं मामा!
माहिल ने उसे भड़काया कि किस प्रकार पृथ्वीराज ने उसका राज्य हड़पा है! वह राजा परमाल के पास पहुंचा।
बेटा! पृथ्वीराज चौहान बहुत शक्तिशाली है! तुमने मांडौगढ़ जीता है, मगर उसे जीतना असंभव है!
मगर मैं तो अब सिरसा के अपमान का बदला लेकर ही रहूंगा!
मजबूर होकर परमाल को सिरसा-गढ़ पर आक्रमण का आदेश देना पड़ा।

सिरसागढ़ पर महोबा की सेना चढ़ आई। इस बार भी बागडोर आल्हा के हाथों सौंपी गई। आल्हा ने पारथ को संदेश भेजा —
महाराज! आल्हा का संदेश आया है कि या तो सिरसागढ़ खाली करो या युध्द करो।
उनसे जाकर कह दो कि हम चौहान हैं। युध्द हमारा शौक है।
भयंकर लड़ाई छिड़ गई। आल्हा-ऊदल ने भयंकर मारकाट मचाई। युध्द लगातार सात दिन चला।
सातवें दिन ऊदल और पारथ की मुठभेड़ हुई। ऊदल
उसे बुरी तरह घायल कर दिया, पारथ भागा —।
अरे, भागते क्यों हो चौहानवंशी? युध्द तो तुम्हारा शौक है ना?

पारथ ने अपने पिता पृथ्वीराज को संदेश भेजा। पृथ्वीराज ने अपने ब्राह्मण सेनापति चामुंडराय को दस हजार सैनिकों के साथ भेजा।
आल्हा ने चामुंडराय को बुरी तरह हरा दिया। उसकी सेना के पैर उखड़ गये।
मलखान का सिरसागढ़ पर अधिकार हो गया।
मलखान! लो, चाचा का राज्य तुम्हें वापस मिल गया।
सब तुम लोगों के कारण हुआ!
परन्तु माहिल मामा को चैन कहां था, वह और जल गया। आल्हा ने पांच काबुली घोड़े खरीदे थे। माहिल ने रानी के कान भरे।
बहन! मैं तुम्हारा भाई हूं, इसीलिए मैं तुम्हें चेतावनी दे रहा हूं, आल्हा महोबा की गद्दी पर कब्जा करना चाहता है!
ऐसा नहीं हो सकता!
माहिल कान भरता रहा। अन्त में रानी को कुछ खटका हुआ। उसके कहने पर राजा परमाल ने आल्हा को बुलाया।
आल्हा! यह घोड़े हमें दे दो!
महाराज! लगता है आप किसी की बातों में आ गये हैं!
यह घोड़े हमें दो या महोबा छोड़ो!
परमाल को गुस्सा आ गया और उन्होंने आल्हा-ऊदल को देश से निकाल दिया।

आल्हा-ऊदल अपनी माता देवलदे के साथ आधी रात को भारी वर्षा में ही महोबा छोड़कर चले गये। नगरनिवासी पानी में भीगते उन्हें विदा देने खड़े थे।
आज हमारे नगर से सौभाग्य ही जैसे छिन गया है।
आल्हा-ऊदल के बिना परमाल की दुर्गति होगी!
कन्नौज के राजा जयचन्द ने उन्हें अप यहां रहने का निमंत्रण दिया। उन्हें राज महल में ठहराया।
आओ महान वीरो! कन्नौज में आपका स्वागत है।
माहिल मामा ने अब जाकर पृथ्वीराज के कान भरे।
महाराज! इस समय आल्हा-ऊदल महोबा में नहीं हैं, मौका अच्छा है!
हां, तुम ठीक कहते हो!
पृथ्वीराज ने चामुंडराय को पचास हजार सैनिकों के साथ महोबा भेजा।
उधर महोबा में युवराज ब्रह्मा ने अपने पिता को समझाया।
पिताजी! अपनी गलती स्वीकार करके आल्हा-ऊदल को बुला लीजिए!
राजा परमाल ने चारण जगनिक को दूत बनाकर आल्हा-ऊदल के पास भेजा।

पहले तो आल्हा ने मना कर दिया, परन्तु जगनिक ने उसे राजी कर लिया!
हम अपना अपमान कैसे भूल जायें?
वीर पुरूष अपनी मातृभूमि की रक्षा हेतु सभी मान-अपमान, सुख-दुःख भूल जाते हैं। मातृभूमि की सेवा परम धर्म है!
तभी देवलदे और ऊदल भी वहां पहुंचे।
बेटा! आपसी झगड़े के कारण जो व्यक्ति अपनी मातृभूमि के काम नहीं आता, वह नर्क में जाता है!
मां! तुम दुःखी मत हो, हम महोबा जायेंगे!
चारण जगनिक ने राजा जयचन्द को भी खुश करके उसे भी सहायता देने को तैयार कर लिया।
ठीक है, हम भी सहायता करेंगे, लाखन पचास हजार सैनिक लेकर तुम्हारे साथ जायेगा!
महाराज की जय हो!
आल्हा-ऊदल महोबा की ओर बढ़े और उसके निकट कीर्तिसरोवर पर जाकर ठहरे।
जगनिक! जाकर महाराजा परमाल को हमारे आने की सूचना दो!
महाराज परमाल स्वयं उनका स्वागत करने आये।
स्वागत है वीर पुत्रो, हमें क्षमा करो!
नहीं महाराज, भूल सबसे होती है।

अब की बार एक भयानक युध्द हुआ। ऊदल ने कयमास नामक योध्दा को घायल करके भगा दिया।
अरे भागो मत भाई! तुम तो योध्दा हो।
चामुंडराय एक बार मल्लयुध्द में आल्हा से हार चुका था, वह इसका बदला लेना चाहता था।
आल्हा! सैनिकों को कटवाने से क्या फायदा, आओ हम दोनों ताकत आजमायें!
बहुत खूब, चलो यही ठीक रहेगा!
दोनों ओर की सेनाएं युध्द रोककर खड़ी हो गईं। तीन घंटों तक आल्हा और चामुंडराय में मल्ल युध्द होता रहा। अन्त में आल्हा ने उसे उठा पटका।
यह लो, संभालो वार!
आह...!
ऊदल ने एक अन्य योध्दा कन्ह को घायल कर दिया, वह भी भागा। इसके पहले कन्ह ने लाखन को मार डाला था।
आज का दिन बड़ा खराब है, जो मिलता है भाग खड़ा होता है!
पृथ्वीराज की सेना के पांव उखड़ गये।
अरे-अरे! लो, यह लोग भी भागने लगे!

महोबा में एक बार फिर विजय महोत्सव मनाया गया। परमाल ने आल्हा-ऊदल को अपने बगल में बिठाया।
एक बार ऊदल बिठूर में गंगा स्नान के लिए तैयार हुआ। आल्हा के किशोर पुत्र इन्दल ने भी चलने की जिद की।
ऊदल वहां मत जाओ। हमारे दुश्मन भी वहां आयेंगे।
कोई बात नहीं, मैं जल्दी लौट आऊंगा।
पिताजी, मैं भी जा रहा हूं! मैं चाचा की रक्षा करूंगा!
वाह-वाह! जैसा चाचा वैसा भतीजा!
बिठूर में जब ऊदल गंगास्नान कर चुका तो इन्दल ने घूमने की इच्छा प्रकट की!
चाचा, आप तम्बू में आराम करें, मैं मेले में घूम आता हूं!
जल्दी लौटना!
उधर बलख बुखारे की राजकुमारी चित्ररेखा इन्दल पर मोहित हो गई। उसने इन्दल को अपने खेमे पर बुलवाया।
सुनकर खुशी हुई कि आप आल्हा के पुत्र हैं, मैं आपसे स्वयंवर करना चाहती हूं!
यह काम औरतों का नहीं है कि सड़क चलते पति ढूंढ़े! ऐसा नहीं हो सकता!

राजकुमारी को गुस्सा आ गया।
पकड़ लो इसे, हम इसे अपने साथ ले जायेंगे!
राजकुमारी, अच्छा नहीं होगा!
सिपाहियों ने इन्दल को गिरफ्तार कर लिया।
उधर, ऊदल अपने तम्बू में पूजा-पाठ करके इन्दल का इन्तजार कर रहा था। काफी देर तक जब इन्दल नहीं आया तो वह उसे ढूंढ़ने निकला। काफी ढूंढ़ने के बाद भी जब इन्दल नहीं मिला---
ओह बेटा, कहीं भी पता नहीं चला तुम्हारा, अब मैं भइया-भाभी को क्या मुंह दिखाऊंगा!
ऊदल घर वापस लौटा ताकि भइया-भाभी से माफी मांगे, लेकिन---
माहिल को किसी तरह पहले ही इस दुर्घटना की खबर लग चुकी थी।
आल्हा! ऊदल तुम्हारा सगा भाई जरूर है, मगर वह तुम्हारी सम्पत्ति पर नजर गड़ाये है! उसने बिठूर में इन्दल की हत्या कर दी है!
हे भगवान, यह आप क्या कह रहे हैं मामा? ऐसा नहीं हो सकता!
लेकिन जब ऊदल ने स्वयं आकर इन्दल के खोने की खबर सुनाई तो आल्हा को माहिल की बात पर विश्वास हो गया।
नीच, तुम मेरे भाई नहीं शत्रु हो!
भइया! मुझे मार डालो, पर ऐसा मत कहो!
आल्हा ने ऊदल को खंबे से बांधकर पीटना शुरू किया, वह खामोशी से पिटता रहा।
स्वामी! हम दोनों जीवित रहे तो और सन्तान हो जायेगी, आप दूसरा भाई फिर नहीं पा सकते।

रंतु आल्हा का क्रोध शान्त नहीं हुआ। उसने जल्लादों को आदेश दिया –
इसे जंगल में ले जाकर मार डालो, और इसकी आंखें निकालकर मेरे पास ले आओ।
मगर सोनादे ने जल्लादों को समझाया ..
अभी वे गुस्से में हैं, लेकिन कल जब गुस्सा उतरेगा तब वे ऊदल को ढूंढेंगे!
हम क्या करें?
तुम ऊदल को जंगल में छोड़कर किसी जानवर की आंखें ले आना!
जल्लाद ऊदल को जंगल में घायल छोड़कर चले गये। वह लखान के पास पहुंचा।
भइया! मैं क्या करूं, आल्हा मुझे नहीं छोड़ेगा, अगर मैंने तुम्हें रखा तो!
ठीक है, मैं कहीं और चला जाऊंगा!
ऊदल भटकता-भटकता अपनी ससुराल नरवरगढ़ पहुंचा।
बहनोई जी! आप यहां खुशी से रहिये! मैं इन्दल का पता लगाऊंगा!
बहुत धन्यवाद आपका!
कन्दराय के गुप्तचरों ने इन्दल का पता चला दिया और मकरन्दराय ने बलखबुखारे पर चढ़ाई कर दी। वहां के राजा को जब हमले के कारण का पता चला तो ..
बेटी! तुमने यह क्या किया?
मैं इन्दल से ब्याह करना चाहती थी, धृष्टता क्षमा करें पिताजी!
राजकुमारी ने इन्दल को अपनी निजी कैद में रख छोड़ा था। राजा को इस सम्बंध में कुछ पता नहीं था।

ऊदल और मकरन्दराय से मिलकर राजा ने उनसे इन्दल से अपनी बेटी की शादी की बात रखी।
महोबा की रीति है कि हम कोई काम छुप कर नहीं करते! हम वचन देते हैं कि राजकुमारी का ब्याह इन्दल से होगा!
महावीर ऊदल! हमने जैसा सुना था, वैसा ही आप को पाया!
ऊदल कुछ दिन नरवरगढ़ रहकर इन्दल के साथ मलखान के पास पहुंचा। वहां से उसने इन्दल को आल्हा के पास भेज दिया। वहां राजा परमाल ने आल्हा को डांटा।
हत्यारे! ले अपना पुत्र और वापस कर मेरे वीर ऊदल को।
लाइये कहां है मेरा प्यारा देवर. मैंने पहले ही मना किया था आपको!
आल्हा सिर झुकाकर सब सुनता रहा
आल्हा सबके ताने सुनकर दुखी हो उठा। उ तलवार निकालकर अपने हृदय में घुसेड़ चाही।
कहां है मेरा भाई? मेरे कले का टुकड़ा!
पिताजी रुकिये! चाचा जीवित हैं, वे मलखान चाचा के घर हैं!
इन्दल ने आल्हा को सब कुछ कह दिया

आल्हा मलखान के पास भागा-भागा गया। मलखान ने उसे किले में नहीं घुसने दिया।
मलखान! बस एक बार मुझे भाई से मिल लेने दो!
ठीक है, एक बार मिल लो।
आल्हा के सामने जब ऊदल आया तो ऊदल ने उसके चरण छूए।
नहीं भइया! तुम्हारी जगह यहां नहीं है। मुझे माफ कर दो!
आप मेरे पिता समान भाई हैं, क्षमा मांग कर मुझे लज्जित न करें।
दोनों भाई महोबा लौट आये। महोबा अपने प्यारे ऊदल के स्वागत में दुल्हन की तरह सजा हुआ था।

सिरसागढ़ की हार के बाद पृथ्वीराज की नजर में आल्हा-ऊदल कांटे की तरह खटक रहे थे। पृथ्वीराज ने जयचंद की पुत्री संयोगिता का हरण किया था। बदले में आल्हा-ऊदल और परमाल ने पृथ्वीराज की पुत्री बेला का विवाह ब्रह्मा से जबरदस्ती कराया था।
मुझे किसी तरह इसका बदला लेना होगा!
महामंत्री! बेला को महोबा नहीं जाने दो। उसे रोक लो!
युद्ध के बाद विवाह तो हो गया था, लेकिन पृथ्वीरा
बेला को वापस दिल्ली ले जाने में सफल रहा था।
बेला को कैसे महोबा लायें, यह एक विकट समस्या थी।
ऊदल अब एक ही रास्ता है! दिल्ली पर आक्रमण!
तुम ठीक कहते हो!
जब यह सूचना जयचन्द को मिली तो उसने उनकी सहायता के लिए विशाल सेना भेजी।
बहादुर साथियो! हमें एक घमंडी का सिर नीचा करना है, आगे बढ़ो!
आल्हा की जय हो! ऊदल की जय हो!

महोबा का दूत पृथ्वीराज के दरबार में पहुंचा।
महाराज! आल्हा-ऊदल ने कहा है या तो बेला की डोली महोबा भेजो या युध्द करो!
वाह! क्या घमंड है? हम युध्द करेंगे!

दोनों ओर की विशाल सेनाएं आमने-सामने डंट गईं। युध्द के नगाड़े बजने लगे।

पृथ्वीराज की सेना और महोबा की सेना के हाथी-हाथी से, घोड़े-घोड़े से टकरा उठे। तलवारें बज उठीं।
ऊदल ने फिर चामुंडराय को घेर लिया और बुरी तरह दोनों लड़ने लगे।
चामुंडा! तू हर बार बच निकलता है, इस बार सम्भल!
हां-हां! इस बार फैसला होकर रहेगा!
जल्दी ही चामुंडराय को पीछे धकेलकर ऊदल आगे बढ़ा।
पृथ्वीराज वहां है! उसे ही घेरूं!

पृथ्वीराज ने भी उसे देख लिया था।
आओ वीर पुंगव! आज हम दो-दो हाथ कर लें।
मेरे भी बड़े अरमान हैं!
उन दोनों ने तलवारें चलानी शुरू कर दीं।
पृथ्वीराज बुरी तरह घायल हो गया। ऊदल विजयी होने ही वाला था कि चामुंडराय आदि वीरों ने उसे घेर लिया।
भगवान हमें माफ करना! हम अकेले बहादुर से इतने लोग लड़ रहे हैं!
ओह, अन्तिम घड़ी आ गई! काश! पृथ्वीराज को मार सकता!
अन्त में थककर चूर व घायल ऊदल की चामुंडराय ने गर्दन उड़ा दी।

पृथ्वीराज की विशाल सेना के आगे महोबा के अधिकांश वीर मारे गये।
बहादुरो! आगे बढ़ो, अब विजय हमारी होगी!
तुम्हें मेरे भाई का बदला चुकाना होगा!

आल्हा क्रोध में आकर पृथ्वीराज की सेना पर टूट पड़ा। युद्धभूमि में हर ओर आल्हा ही नजर आ रहा था। दिल्ली के सैनिक भयाक्रान्त हो कर भाग खड़े हुए।
भागो मत! अब हमें सिर्फ इसे हराना है। बाकी सब खत्म हो चुके हैं।

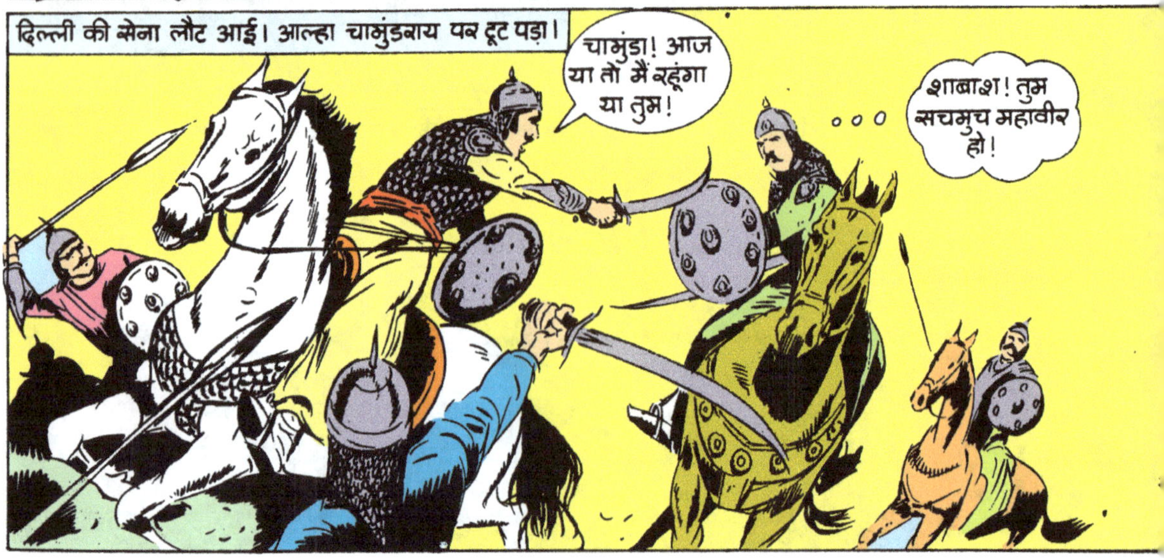
दिल्ली की सेना लौट आई। आल्हा चामुंडराय पर टूट पड़ा।
चामुंडा! आज या तो मैं रहूंगा या तुम!
शाबाश! तुम सचमुच महावीर हो!

आल्हा लड़ते-लड़ते बुरी तरह घायल हो चुका था।
काश! इस समय ऊदल होता तो हम इस सेना का मुंह मोड़ देते!

युध्द में ऊदल के हाथों घायल पृथ्वीराज अशक्त पड़ा था। चील कौवे उसका मांस नोच रहे थे – मगर वह हाथ-पांव भी नहीं हिला सकता था। तभी उसके एक वफादार सामन्त की नजर उस पर पड़ी।
मुझे पृथ्वीराज को बचाने के लिए अपना मांस इन्हें खिलाना होगा!
सामन्त संयमराय भी घायल था – मगर उसने पृथ्वीराज की जान बचाने हेतु अपना मांस काट-काटकर चील कौवों को खिलाया।

घायल पृथ्वीराज को उसके सैनिक आकर उठा ले गये।
ओह! वह ऊदल, महाकाल की तरह मुझ पर टूट पड़ा था।

युद्ध समाप्त हो गया था। समर भूमि मे आल्हा घायल पड़ा था।
तभी संत गोरखनाथ वहां आये। वे उसे उठा कर अपने साथ ले गये।
आज भी गांव-गांव में आल्हा-ऊदल की वीरता के गीत गाये जाते हैं।

www.ingramcontent.com/pod-product-compliance
Lightning Source LLC
LaVergne TN
LVHW082054051026
849532LV00011B/3595
9789390472437